KB219292

시작시인선 0145

달에서 지구를 보듯

시작시인선 0145
달에서 지구를 보듯

1판 1쇄 펴낸날 2013년 2월 28일
지은이 정영주
펴낸이 채상우
디자인 꼬마철학자
펴낸곳 (주)천년의시작
등록번호 제301-2012-033호
등록일자 2006년 1월 10일
주소 100-380 서울시 중구 동호로27길 30, 510호(묵정동, 대학문화원)
전화 02-723-8668
팩스 02-723-8630
홈페이지 www.poempoem.com
이메일 poemsijak@hanmail.net

ISBN 978-89-6021-181-0 04810
978-89-6021-069-1 04810(세트)

값 9,000원

달에서 지구를 보듯

정영주 시집

천년의 시작

시인의 말

지붕이 소통이라고 말하자
벽은 제 몸에 새겨진 떠돌이별 하나씩 허공으로 날린다
자구책이 없는 대책 없음이 행성이 된다는 걸
멀리 와서야 알았다
가스통 바슐라르가 말한
"몽환의 집은 출생의 집보다 훨씬 심오한 주제다"라는
의미가 비로소 내 것이다

차 례

제2부

제3부

제4부

해설

일러두기

한 연이 첫 번째 행에서 시작될 때에는 >로 표시합니다.

제1부

바늘의 행성

바늘에 실을 꿰면
행성이 되는 거야
뜨거운 목성, 벨레시모*가 되는 거지
섭씨 천 도의 몸으로 태양을 도는 일
절반의 빛과 절반의 어둠으로 우주를 꿰매는 일
바늘이 도는 궤도는 집요하고 뜨거워
다른 외계를 꿈꿀 수가 없어
어떤 광기도 바늘의 순례만 못하지
고아 행성이 플레시모야
어미 없는 깜깜한 혼돈이지
거긴 철로 된 비가 내리고
씩씩한 양철 우산이 필요하대

무명과 옥양목 사이에서
어미 항성을 보는 일은
고아 행성으로 돌던 길을 바꾸는 혁명이야
거대한 압력을 깨뜨린 용암이지
바늘에 무수히 찔린 구멍에서 피가 흐르면
카펫에 떨어진 붉은 별을 볼 수가 있지

>

바늘을 부러뜨리는 날이 올까
차가운 것으로 뜨거운 것을 달구는 날이?

● 벨레시모: 목성을 중심으로 도는 떠돌이별.

이십 분 간의 잠

1

잠 속으로 꽃과 강이 흘러갔다
우심방에서 좌심실로
꽃들이 강물 되어 흘러들고
좌심방에서 우심실로
강들이 넘쳐 와 꽃이 되었다
누워서 바라보는 해파리 같은 해와
펄럭이다 나뭇가지에 찢긴 구름들이
잠 속을 뚫고 들어와 잔뿌리가 되었다
늙은 벚꽃나무 아래서
꽃을 다 떨구고 느리게 숨 쉬는 나무 아래서
나는 입을 다소 벌리고
들숨 날숨이 허공에 부려지는
꽃잎 난분분한 나무 아래서
먼 길을 짧게 건너가고 있었다
이십 분 간의 몽유도원이었다

2

잡았다 풀어 논 미꾸라지처럼
뿌리마다 헤쳐 놓아도
나무 중심은 끄떡없고

내 깊은 잠 들쑤셔도
몽유도원 건너는 나비잠자리
깃털처럼 흔들리다 멈추고
나무다리 아래 흐르는
물에 던진 시간조차 정지된
나무 그늘 아래서의 잠,
동굴 입속으로
온갖 새소리와 고요를 감추지 못한
늙은 벚나무를 흔들어 대는 바람이 들다 가고
하늘 연못에 담갔다 꺼내는 조각구름들
환호와 그늘에서 찰랑이는 잎새들
그 아래서 천연히 사지를 벌리고 누운 잠,
이십 분 간의 낯설고 기이한 일탈

3
해가 자글자글 끓고
매 맞고 난 아이처럼
자갈과 흙이 섞여 있는 곳에서
개미 서너 마리 내 잠에 밑줄 긋고 가는
늙은 벚꽃나무 아래서

바늘과 죄

나의 낮까지도
나의 밤으로 쓴다
나의 밤까지도 나의 낮으로 쓴다

카펫에 떨어져 숨은 작은 바늘이 벌써 세 개째다
털이 깊어 바늘은 찾을 수 없는 심해다
밤낮이 온통 카펫에만 쏠려 있다

지남철로 협박하고
전등을 들이대도 바늘 잠수가 떠오르지 않는다

문득 내 죄도 저러하겠다, 싶어 안절부절해진다
토설할 수 없었던 꽁꽁 묶어 둔 어둠의 계보들

숨은 바늘의 속성이 내 심장을 파고든다
그래, 죽자, 같이 죽자
두 손바닥으로 카펫을 훑는다
바닥에 힘을 주고 처절히 찔리도록
깊게 찔려 바늘이 들키도록
내 뜨거운 피가 들키도록

>

순간, 바짝 엎드린 바늘이 바짝 훑는
내 손바닥으로 깊게 찌르며 들어온다
한참 머뭇거리던 피가, 먹피가
어쩌지 못하고 쏟아진다
바늘처럼 길고 검은 줄기 피, 하얀 카펫에
빛나는 죄를 쏟는다

눈먼 자들의 도시●

야반도주하듯 낯선 도시에 내려 방 하나 얻었다 벽지마다 온통 싱싱한 꽃이 피어 춥지 않았다 벽 저쪽에서 시끄러운 말 오줌 냄새가 났지만 먼 날 이곳이 말 축사였을지도 모른다고 늦도록 소설을 썼다 일탈이거나 이탈이거나 낯선 바다 염전처럼 그 방에선 다소 비릿한 포구 냄새가 났다 천천히 닻을 내리고 얇은 타월 서너 장 물결처럼 덮고 천장에 뜬잠을 깊은 꿈과 바꾸려고 눈을 감았다 감은 눈 사이로 웬 거미줄 같은 것들이 스물거려 불을 켰는데 이런 세상에! 새까만 바퀴벌레들이 나를 가운데 두고 술래잡기하고 있었다 깊숙한 잠을 파먹고 있었다 혼미한 잠은 총알처럼 튀어 일어서고 벽지에 핀 꽃 속에서도 튀어나오는 바퀴들, 황당한 눈알이 방바닥에 쏟아지고 쏟아진 눈알로 새까맣게 달려드는 벌레들 진격에 밤은 하얗게 타들고 손에 들린 책 『눈먼 자들의 도시』를 내려치는 방바닥마다 벌레의 도시가 죽었다 살아나고 무엇을 죽이는지도 모르고 잠이 죽어 나가는 눈먼 도시에서의 일탈, 야반도주는 아무나 하는 게 아니었다

●『눈먼 자들의 도시』: 주제 사라마구의 소설.

낭만은 없다

사람의 낭만이
물질주의에 헐리는 집에서
사내는 혼자 생일상을 받고 있다
스스로에게 건네는 밥상
잘 살아왔다고
바다까지 오느라 힘들었다고
다시 강으로 역류할 수 없다고
꾸역꾸역 사내는 입안으로 수저를 넣는다
밥상 앞에서 그녀와 한 약속이
빈 밥상 앞에서야 비워진 것을 안다
수평은 약속이 아니다
너와 나의 수평은 언제든지 배반일 수 있다
사내는 수직으로 몸을 세우고
수평을 지운다
주고 주고 또 주어도
다고 다고 한다는 걸 사내는 이제사 안다
애초에 낭만은 없다

낯선 동네 한 바퀴

한 번 간 길 피해 가듯
낯선 동네에 들어선다
오르고 내리는 골목 담장에서
능소화 한 송이 화들짝 뛰어내리고
그 담장 안 불쑥
기웃거리고 싶은 서늘한 장난기
집도 기울고 담장도 기울고
기운 대문 받치고 구부정하게 선
능소화 쪽으로 한 발 한 발 나도 기울고

작은 마당 한 켠에
능소화 한 그루 심고 싶은 적 있었는데
겨우 쪽마당 있는 집으로 이사 가면
얼마 안 있어 아비는 다시 줄행랑치고
마당 꽃들은 마구 시들고

보따리 보따리 어미 뒤를 따라나서던
낯선 동네, 거기서 보았던 뚝뚝 지던 능소화들
우리 남매들처럼 남의 집, 쪽방 한 켠으로
뚝뚝 지던 어린 꽃들, 꽃이어도

꽃인 적이 없던 나무를 떠난 꽃들

이제 돌아보는 시간에 와서도
낯선 동네를 유리한다
늘 그랬던 것처럼 모르는 골목에 와서야
정착인 것 같은 이런 여정, 시작과 끝이 없는
능소화처럼 담 밖으로 뚝뚝 지는
져서도 여전히 붉고 붉은 가족들

삼솔 뜨기•

1
가장 깊은 그늘을 꿰매는 거야
깜깜한 무늬와 질감을 찔러
실로 음각을 뜨는 거야
흰 머리카락을 뽑아 바늘에 꿰어
깊은 우물 속, 두레박이 새지 않게 물을 깁는 거야
바느질이 목숨이었던 어머니, 실 떨어지면
명주 올처럼 길고 흰 머리카락을 뽑으셨지
어룽이다 꺼져 가는 그늘과
찢어진 가족의 무늬와 식탁을 바늘로 이어 가셨지

2
어머니가 가셨던 길처럼
한 올 한 올 바늘로 쪽빛 모시 꿰맬 때마다
멀리 떠난, 더는 깁을 것이 없는 어머니를 떠올리지
평생 바늘과 옷감을 놓지 않으신 어머니
그것으로 가족을 기워 둥근 띠를 엮으셨던 어머니
아버지 없는 둥근 밥상에 오글오글 새끼들만 모여
밥상까지 통째로 먹는 허기진 아이들
명주에 들어간 바늘이 실을 끌고 다닐 때

천이 제 몸들을 꼬옥 껴안지 못하면 바늘은
성글게도 허공과 손가락만 꿰매 놓곤 했지
둥근 밥상 앞에서도 새끼들 입에
당신 몫까지 다 내어 주고 등 돌려 바느질만 하시던 어머니,
그 시린 등을 이제사 껴안고 난 쪽빛 모시 안으로 들어가
고 있어

● 삼솔 뜨기: 솔기끼리 서로 껴안는 바느질.

에코토피아•

—영산강을 바라보며

누렇게 죽어 가는 영산강을 보며
모두 어렵다고 하지
참을 수 없다고
영산강 입구에 거미줄을 치지
가까이 와 손잡는 순간은 없고
흘러가기도 전에 캄캄한 출구를 찾지
거미줄이 희미한 불빛인지도 모르고
느낌표를 버린 물음표의 표정을
버려진 들판에게 들키면서
유토피아는 없다고 비명을 지르지
유리병과 쓰레기 더미에 부딪쳐도
블레이크가 없어 죽은 이끼들만 키우는 강
유리 바다에 갇힌 나비처럼
미끄러지며 멈춘 물길의 시간들만
메마른 대지에 매달려 있지
철근과 콘크리트로 바다와 강을 막으면서
에코토피아를 설계하라고 말하기엔
너무 늦었어
곡선을 죄다 펴서 직선의 강을 만들어 놓고
어떤 유령의 배로 산을 넘으려는 걸까

모든 문명은 입에서 시작되었으니까
무모한 지식과 명령이 설계한 에코가 결국
기형의 유토피아를 따라가겠지

● 에코토피아: 친환경적인.

단단한 지붕

자궁엔 지진이 없단다, 아가야
다시 자궁으로 들어가거라
아직 너는 물이니 몸 한껏 구부리면
다시 양수로 흘러갈 거야
눈도 귀도 아직 열지 말거라, 아가야
탯줄로 받아먹던 노래와
몸 밖에서 그려 주던 숲과 언덕과 강물의 춤들은
이렇게 잔인하게 무너질 수 있단다
아가야, 나는 네 언덕이란다
네 숲이고 햇빛 좋은 네 마당이란다
젖이 마르지 않는 동산이란다
아가야, 아직은 눈뜨지 말거라, 놀라지도 말거라
어미가 둥글게 몸 구부려 단단한 지붕을 만들 동안
내 뼈가 산을 받아 내고 콘크리트 절벽을 밀어낼 동안
너는 자궁에서 부르던 옹알이, 탯줄에 걸고
발길질하고 놀거라
어미 뼈가 우두둑우두둑 부러지고 산산조각이 나도
네 동산은 들꽃과 나비들이 만발할 터이니
아가야, 천둥 번개 땅이 갈라지고
어미 호흡이 지천을 흔들다 끊어져도

네 어여쁜 숨소리 작은 목숨 끝내 지키는
장한 모습 보여 다오
아가야, 아직 이름도 없는 내 아가야
어미의 부서진 몸뚱이 든든한 철벽이 되마
내 사랑, 아 아 내 아가야

● 쓰촨성 지진 때 온몸의 뼈가 부서지면서도 품에 안은 갓난아이를 살린 어머니의 죽음 앞에 머리를 숙인다.

쓰리디

—해리포터의 죽음의 성물

물방울이 지구처럼 커지더니
눈알로 들어온다
부지중에 손가락으로 찔러 본 허공
그러고 보니 나도 엑스트라다
현실을 깨고 영상으로 들어간 가상현실
그 속에 장자의 재앙에서나 있을 듯한
안개 그물들이 사방에 포진돼 있다
어디를 가도 걸려 넘어지는 위험
선인이 아찔한 죽음을 피하고
검은 악마가 제 무덤을 열어 머리를 처박고
어둠의 지팡이가 사람을 선택하고
사막의 바람이 부활의 돌을 나르고
원한다면 벽을 뚫고 기차를 타는
해리포터와 슬쩍슬쩍 동행하다가
그만 쓰리디 안경을 벗어 버린다
속임수 현실에 내 역할은
바짝 긴장하다 눈을 꼬옥 감는 것

객석이 통째로 들려 영상으로 옮겨지는 간이역에서
원할 때만 무의식의 기차를 타야지

가끔, 아주 가끔 공포 옆에 앉아
무서운 척하고 싶은 아이가 될 때가 있다

보름달방

참 따뜻한 방입디다만 사다리도 없고 문도 없고 창도 없으니 다만 허공 무한 절벽에 미끄러질 듯 덩그런 방 하나 덕석처럼 깔아 놓고 들어와 쉬다 가라 하니 누구나 나그네 설움 같은 객기 하나씩 있어 벼랑 타고 오르며 붉은 방 탐내는 일, 한 달에 한 번씩은 생리하듯 그리움 부릴 곳 찾는 숨은 방 어디 없는가 하지만 기어들어도 들키고 마는 담도 없이 훤히 열린 허공의 방, 불륜이나 로맨스나 다 같은 종자로 싸잡아 만천하에 고발하는 저 발칙한 저잣거리, 누가 망태 들고 달 따러 가자고 했는지 방 한 칸 얻으러 시골길 어정어정 걷다가 달빛에 채이고 그 달에 들고 싶어 눈빛 청하는데 느닷없이 허공에서 긴 손가락 흘러내려 내 발목 비끄러매 염소처럼 정자에 뎅그러니 주저앉힙디다

수평선에 집 한 채 지을 때

어둠이 조심조심 바다에 내려앉는다
앉을 때 수평선 이마가 잠시 환해진다
몸과 몸이 바뀔 때 너와 내가 환해지는 것처럼
잠깐씩 더 따뜻해지고 아주 잠깐씩
못했던 이야기도 꺼내는 것처럼
수평선 끝에 서늘히 등불이 켜질 때
깜깜한 시골길 가다 호롱불 밝힌 집 보듯
어스름은 고요히 한곳을 바라볼 때만 나눌 수 있다
몸이 몸으로 건너가고
나비가 꽃 속에 그윽이 파고들고
같은 곳을 보다 마주 보게 되는 애틋한 시선
그렇게 어스름이 수평선에 집 한 채 지을 때
조금 더 오래 모래사장에 앉아 있고 싶은
기다림으로 젖어 가는 것이다

몸과 마음도 견딜 수 있을 만큼 어두워져 가겠지만
내 삶의 어스름을 간섭하는 시간들도
수평선에 걸린 작은 불빛에서 한 자 한 자 천천히 읽혀 가
겠지만

참 다행이다

자는 네 얼굴이 판토마임이다
구겨진 표정에 그려진 삐에로 문신
꿈이었으면 했던 현실과
현실이었으면 했던 꿈이 교차되는
사거리 어디쯤에 너는 아직도 서 있는 걸까

오가는 길목 어디라도
축제를 가장할 수 있는 잠 깊은 곳
깊이 생각하지 않아 좋은
순간 이동이 가능한 사차원에서
너를 꺼낼 수가 없어 나는 참 다행이다

그렇게 너의 잠에서 나는 도망 나오고
잡지 못하는 너는 바보가 되지 않아서 다행이다
깨지 않아서 참 다행이다

짐을 다 쌀 때까지 너는 꿈속에서
구겨진 판토마임을 계속해야 한다
삐에로까지 소화해야 한다
잠에서 깨어나면 텅 비어 있는 방

잠깐 황당해지다가 너는 무슨 일이 있었냐는 듯
바쁜 척, 보수도 없이 바쁜 직장으로 달려 나간다

에덴

에덴동산이 걸을 때
슬며시 사막이 따라붙는다
낙원도 음부 바짝 곁에 있어야
가파른 절벽이라도 나눌 수 있겠다, 싶은지
극단에 서면 선명해지는 어둠이나 죄
하루 종일 검은 바람이 따라다녔다
벚꽃 그리 넘실거리는 그늘 사이로
어둠이 더 반짝였다
죄를 신은 발바닥에서
고양이가 먹다 버린 생선 썩은 냄새가 났다
어둠을 꽉 잡고 놓지 않는 나그네
반석을 쳐서 부서뜨리는 막대기가 필요하겠지
숨겨진 밭에 방언 같은 싹이 돋고
기도 한 모금이 축축한 어둠을 찢어
햇빛에 바짝 말릴 때까지

붉은 방

—난타

사내 입은 겹겹 잠겨 있다
대신 벽이 떠든다
닥종이에 옻칠한 붉은 방은
소란을 견디지 못해 더 붉어진다
순결한 화대가 필요하다
노독을 푸는 난타를 부를까
벽이 벽을 타는 전언은 날개도 없이 진행된다
붉은 방은 이내 쇠북이 되고
사내는 어쩔 수 없이 북채를 든다
실컷 불 받은 구들이 말처럼 뛴다
모처럼 아궁이가 벌겋게 달아오른다
아궁이가 있는 붉은 방
일곱 번 옻을 먹인 방을 사내는
누구를 위해 만들었는지 생각 중이다

낯선 도시에 간 여자는 돌아갈 염이 없다
사내의 북은 어느새 난타다
붉은 방은 가죽처럼 질겨진다
불로 맞고 북채로 맞아도 꺼지지 않는다

제2부

절벽

눈 없는
고아입니다
귀 없는 과부
입니다 입 없는
시인입니다 구멍
뚫린 노숙자입니다
쪽방 천장을 파먹고
사는 노인입니다 신발도
아까워 들고 다니는 아이
입니다 빌미를 들고 모르는
척하는 헐렁한 여자입니다 땡
볕을 쓰고 우물로 가는 사마리아
여인입니다 밥 얘기만 나오면 벼랑
을 타는 사내입니다 안녕이라는 안부
를 뒤로 감추고 싶은 소년입니다 더 이
상 내려갈 길이 없는 절벽입니다 입이 없
다고, 귀에게 시간을 놓쳤다고 떼쓰는 눈알
입니다 내가 나를 치는 돌멩이입니다 외계에
서 흘러온 묵시처럼 어떤 언어도 닿지 않게 금
긋는 문지기입니다 예의나 배려 같은 거 보따리에

싸서 내던지는 부랑아입니다 몇 달이고 칩거하거나
은둔하기를 기다리는 전령입니다 모닥불에라도 데이는
메아리, 그 그늘이라도 되어 허공을 유랑하는 신발입니다
담벼락을 넘다 지친 풀들이 제들끼리 얼크러져 있는 폐가입니다

오리무중

산을 뭉개는 안개와
안개를 좇는 산을 보다가
답답한 산 편을 들자니
향방 모르는 산이 될 것 같고
안개 편 되자니 함께 문드러질 것 같고
이렇게 족적 없이 살았나
유랑 일삼던 아비 되진 말자고
강물에 던진 발바닥 다시 건져 길 찾고
안개나 산이나 다 한통속이라고
떠나는 아비나 그를 찾아 나서는 어미나 다 똑같다고
갰다 흐렸다 막혔다 뚫렸다 숨었다 하는 것
이제 그만 집에서 증발하고 싶고
누가 누구의 지우개인지도 모르는
얼굴 없는 시간은 오리무중 통째로
허공에 들려 내려올 줄 모르고
나나 우리는 어디쯤에서 서서히 지워져 가고
가지 못해 오지 않아
평화나 약속은 저절로 해체되고
따로따로 국밥처럼 가족은 하나하나 섬이 돼 가고
안개 속에서 갑자기 솟았다가

잘렸다가, 붕괴됐다가, 간간이 이어지는

문자 이별

축축하게 모래를 파먹던 비가
배부른지 슬슬 사라진다
모래 속에 찍힌 아이들 발자국을
파도가 달려와 물어뜯고 돌아간다
방금 문자로 받은 이별은
너를 물어뜯고 간 거품이다
뜨겁게 기다리다 만난 로망스도 이토록 쉬이 아작 난다
튼튼한 그물이라고 말하던 네 노래가
찢어진 그물이 되는 일
왜일까, 하다가 찢어져서라도 좋아지는 것이 있다, 고
나는 문득 위로하고 싶어진다
얼마간 시간이 흐르면 혼자 여행하고, 혼자 식탁에 앉고
혼자 영화를 보는, 다소 쓸쓸한 즐거움도
괜찮은 거라고 너에게 말하고 싶어진다
어린 연인들이 쏘는 폭죽도
모래사장을 잠깐 밟았다 꺼지는 거품이라고
찰나에 반짝이는 혀나, 화려한 이벤트나,
설레는 만남이 튼튼한 제국이 되기 전에
부서지는 엑소더스라는 걸
탈출이어도 닿을 수 없는 나라라는 걸

>

다 열어 주는 너그러운 문이 있을까
짜고 절어서 붙박이 되는 집이 어디 있을까
온전히 받아 정결케 해 주는 제사장인 바다가 있을까
창자에서부터 올라오는 염분 덩어리, 쓴 눈물 한 방울
네 대신 모래사장에 떨군다
기도보다 독한 눈물이 문이 될 때까지 기다리지 말라고
기다리는 것도 죄라고

폭설

한 열흘 방에서만 뒹굴었다
페이지도 없이 설정되지 않는 문자만
주소 없이 오고 갔다
이불이 책장을 넘기고
책들이 이불과 뒤척이며 노는 동안
백 개의 고원이 우릴 넘어갔다
중국의 황사가
칠십 센티의 폭설이
세종시의 데모 군단이 지붕을 장악했다
외부가 내부를 밝히는 세상인 것을 처음 알았다
창밖에는 아직도 제설 작업이 비상구이고
계단과 옥탑이 한통속인 걸 늘어진 전선이
염탐하는 동안 우리는 안전했다

자유로운 고통이 억압된 자유를 소통하지 못하는
빌딩만 절반씩 잘려서 하늘에서 위태한 동안
새들은 얼려서 눈 속에 수장되고
산짐승들은 먹이가 없어
잘린 빌딩 안으로 쳐들어와 스스로 갇혀 있었다
겨우 닫힌 하늘이 또 문을 열고 있었다

제설 작업에 뿌릴 소금이나 염산은 거의 바닥이 나서
도시와 도시의 백색 전쟁이 시작되었다

우린 다시 뒹굴기로 했다
다행히 김치는 가득 부풀고 라면 박스는 건재했다
책은 책을 껴안고 이불은 이불을 껴안고
나는 한껏 구겨진 채로 입만 채우면 끝이었다
폭설은 계속되었다

달에서 지구를 보듯

몇 달 동안 집 밖을 떠돌았다
공전과 자전이 없는 무중력
질량을 버리는 일이 보존법칙과 무관했다
집이 한없는 무게였다는 게 궁금하지 않은 일
가장 큰 가벼움이 되어
먼지 한 톨이 되어
어디에 섞여도 존재가 아닌 자유가 되는 일

무한 천공에 방이 있었다
누워도 앉아도 걸어도
밥을 먹어도 시간이 흐르지 않았다
입도 발도 손도 계약되지 않고
간섭되지 않는 시공이 말을 걸었다
안과 밖의 소란과 집착이 얼룩처럼 서로에게 엉긴
집을 달에서 지구를 보듯 보라고

푸르고 깊은 상처들이 모여
지붕을 만드는 것이 집이 아닐까
심해가 밀어낸 용암이 식어 섬이 되는 것처럼
식고 식은 상처가 낸 흉터들

>

더 깁을 것이 없는 흠집투성이로 나는
집에서 더 멀어진다
가까울수록 더 멀어지는 떠돌이 행성
가져올 것이 없음으로 더 모나게 멀리 도는

그때 어디선가 돌아보라는 소리가 들렸다
떠나라는 말로 해석되었다
다시 돌아오라고 말했다
더 멀리 가라는 말로 받아 적었다
거긴 깜깜한 절벽이라고 말했다
나는 동굴벽화에서 금방 나온 사람과 광야에 있다고 답했다
달에서 지구를 보듯 무중력으로 해피했다

예의가 아니에요

한 끼 밥이 강이라니요
서로에게 흘러들어 섞이는 문지방이라니요
겁 없이 문턱을 밟고 올라서는 만용이라니요
빈속을 달래 주는 주술이라니요
쌀밥 밑에 엎어 논 종지기보다 못한
가엾은 눈가림이라니요
한 끼 밥이 식탁을 가려 주는 포도주라니요
나는 기억이나 추억,
회상의 밧데리가 방전되기를 기다려요
충전기는 그래서 필요 없고요
연민은 쓸 만큼 사용했고
착한 척했던 이기심은 문자로 날리기도 싫어요
그건 예의가 아니에요
이제 그만 그 오만한 위선의 식탁을 걷어찰 거예요
그 거짓 신화를 갈기갈기 찢을 거예요

가끔 구름에 발이 빠졌고

구름 속에 연인을 두고 왔다
시도 때도 없이 출몰하는 연인을
구름 위에서 멋대로 출몰하고 놀라고
잠시 맡겨 두었다
구름 속에서 떨어지는 건 그의 몫이기에
연인이란 다 그런 것이다
대개 허방인 것이다
솜사탕처럼 몇 번 입으로 핥으면
입 가상이에 슬쩍 설탕기만 남고 진득거리다
사라지는 거품인 것이다
한 세 시간쯤 황홀하다 수명이 다하는 건전지인 것이다
나는 너무 늦게 연인이 되고
내 연인은 너무 빠르게 구름이 돼 버렸다
아니다 연인이라니
나는 한번도 연인을 언약한 적이 없다
가끔 구름에 발이 빠졌고
새끼 고양이 어슬렁거리는 야생화 밭을
어질러 놓고 가는 구름을 무심히 본 것뿐이다
연인은 구름이 까놓고 가는 새침한 오후인 것을
그건 곧 흘러가다 흩어지고 말 에디뜨의 로망스인 것을

벗어난 길

오일장이 길을 잃었지
좁은 길에 밟힌 상처 난 과일이 뒹구는 사이로
주름진 옛 시간을 보았어
사실 찌그러진 양은 냄비와 주전자를 땜질하는
60년대의 그림이 재래시장을 아직도 정겹게 하곤 하지
마치 그때의 사람들만 정지된 어느 고을에서 데려다
한판 시끄러운 좌판을 벌려 준 것 같이 말이야
햇빛 좋은 길 따라 막연히 마을을 벗어났는데
뜻밖에 어린 송아지 고삐를 쥐고 오는 어린아이를 만난 거야
그 송아지 등에서 푸슬푸슬 떨어지는 푸성귀들이
단단히 묶지 않는 느슨한 배추 단들이
송아지 울음소리에 흩어지고 아이는 앞서 가는
어미의 그림자를 밟고 시장에 닿는 거지
길을 잃는 일이 간간 사람과 풍경을 넉넉하게 하지
길을 이고 가는 아낙의 허리에서 소 오줌 냄새가 나고
김치 부침 냄새도 함께 날 때가 끼니때이니까
아이는 그 냄새로 술술 커 가고 송아지도 어미 소가 되는 거지
길을 잃었는데 길이 다 내게로 와 얽히더군

풀면서 가노라면 집으로 가는 길을 찾게 되겠지
꿈에서나 보았던 골동품 가게를 지나
소금을 파는 창고를 지나 누구나 불러 세우는
국숫집을 지나 바느질집에 닿게 되겠지
엄마는 여전히 등 구부리고 바늘에 실을 꿰며 눈썹을 찡
그리고 있겠지
잔뜩 뜯어진 실밥들을 입에 물고 퉁퉁 불은 손마디로 미
싱을 돌리겠지
벌써 어두워졌구나, 배 안 고프냐, 하면서 낮과 밤을 수
시로 바꾸면서
이따금 손가락을 미싱으로 들들 박으면서 피로 자식들을
꿰매면서

방에 불을 지핀다

집은 늘 가혹하다
집을 나가 본 발이 입을 연다
신발이 기억하는 발은 이미 다 해지고
구멍 난 손이 깁는 바늘은 여전히
순례를 끝내지 못했다
순례를 사람의 유전으로 돌리는 시간은 없다
주름이나 패인 돌이나 오래된 벽화는 유목의 흔적일 뿐
발견되기 전 바람의 행보일 뿐
오백 년 전 누옥의 툇마루를 뜯어
아홉 번 옻칠한 방에 들고서야 노숙을 멈춘다
발이 없어졌다는 걸 너무 빨리 알거나
손가락이 미처 기억해 내지 못한 바늘의 길을
너무 늦게 알았다는 것이 미안하다
집이 제 이력의 지문을 갖고 노숙을 끌어들이는 일

잃어버린 바늘을 손바닥으로 훑으며 피가 나기를 기다린다
너무 조심할 나이가 지났다는 전언을 듣는 일이 두렵다
노숙이 순례라고 닳아진 신발이 주절거리는 소리가
방에 불을 지핀다
아궁이 없이 산 시간이 달궈진다

모처럼 뚜껑이 열린 방을 깁는 밤이다
산발한 눈들이 지붕을 핥는다

흙벽의 귀

불을 켜도 적막을 추방시킬 수 없다
고요가 등불을 식히지 못하듯이
귀지 무너지는 소리로 시간을 재는 밤
흙벽의 귀가 예민해진다
누워 있다가 잠시 머리를 들면
벽에 기대던 바람이 이마를 친다
바람종이 차고 명징해 잠을 데려간다
이곳엔 밤이 없다
흙하고만 사는 일이 위태하다
칩거를 논했던 입을 시렁에 걸고
지독한 적막을 즐겨 해야겠지만 쉽지 않다
두어 평 방에 바람과 불과 이명이 함께 산다는 것
멀리 가 봐야 포기하고픈 것들이 확실해지는가 보다
섞여서 번거로운 일이 문명의 잉여라면
오지를 고집해 온 일은 적자다
산 깊은 곳에서 고요한 삶의 무게를
재는 법을 몰라 허둥거린다
힘써 외롭고 싶었으나
다 비우고 하늘 시린 별만 헤아리고 싶었으나

도주

밤보다는
고양이처럼 엎드린 새벽에게 속삭일 거예요
꼭 데려가야 한다면
미명의 기도를 택할 거구요
고통스럽게 기뻐할 거예요
오랫동안 한곳에 채집된 어둠은
기록에서 삭제하지 않을 거예요
섬광 같은 황홀이 있었다면
그게 통로가 되겠지요
그렇게 참혹한 계단이 있다면
가장 짐승에 가까운 무릎으로
비상구를 찾는 것이 구원이 될 거예요
오랫동안 가둬 온 도주
빛이 있다면 잔인한 거지요
지금은 다 닳아진 무릎만 믿을 수 있답니다

누설

일곱 개의 짐이 누설처럼 담을 넘어요
집을 버릴 수 있는 용기도 혁명이지요
핸드폰에 저장해 가는 목록이면 충분해요
잠적을 들키는 것도 통쾌한 제안이니까요
시행착오만 두고 가야지요
이럴 땐 니체의 천 개의 눈이 필요해요
목록만 가지고 천 개의 고원을 넘는 일,
위험한 책은 호기심이 아니라 고집이니까
겹겹의 눈이 챙겨야겠지요
고집이 질병이라구요? 모험은 보험인 거 모르세요
하하, 그러니 수명이 다한 담은 넘어야지요
산은 고원으로 가는 통로니까
맹수처럼 눈에 불을 켜고 달려가야지요

불임이 문제거든요
"예와 아니오"의 중간은 늘 불임이에요
자유의지를 묶어 논 집은 비상구가 많지요
아직도 모르겠어요?
주사위는 주사위인데 단 한 개뿐인 숫자
암시와 묵시로 가장하지만

그 벽엔 못 하나 칠 수 없답니다
가 눈 감고 열만 세세요
쉿!

위험한 책

도시 전체가 결빙이다
산 채로 꽁꽁 얼어 있다
망막까지 얼어 있는 눈으로 눈을 건너지만
도시는 건너지 못하는 강이다

결기를 세우고 깃을 치려다 만 산들도
뼈가 부서질 듯 위태하다
새 한 마리 산을 지키지 못한다

결빙의 도시로
위험한 책이 들어선다
소통이라고 말하지만 지금은 불통이다
소리 내서 글을 읽을 수도 없이
도시의 침묵은 위험수위다
백오 년만의 눈의 독설
극단적인 백색공포에 이 도시는 실명이다

얼음차가 미끄러지며
도시 한복판을 뚫는다
얼음새들이 얼음지붕에서 떨어진다

고드름처럼 단단한 새의 목들이 툭툭 부러진다

위험한 책만 골라 온 내 시집에서도
고드름이 주렁주렁 달려 있다
이 도시에선 백색 문자만 가득할 것이다
단단한 공포다

무거운 질문처럼

행보가 분명치 않은 눈발을 보다가
추 없이 떠돌던 날들이 들킨다
저 가벼움은 얼마나 큰 무거움일까,
향방을 알 수 없는 노숙이 노숙에게 던지는
무거운 질문처럼 눈은 퍼붓고
팔아야 할 것이 없을까, 두리번거리는
아직도 갈 길이 먼 발은
유독 꽁꽁 얼어 있다
바닥까지는 내려오지 말거라
사선으로 퍼붓는 눈이 다시 하늘로 팔팔 날리고
허공에서 허공으로 눈 따라 눈빛을 옮기던 몸은
어느새 갈갈이 분쇄되어 하늘에 날리고 있다

구석진 방에 아직도 풀지 못한 짐들이 가득 엉켜 있다
삽으로 떠서 언제 던져질지 모르는 딴딴히 언 눈덩이처럼
제자리에 몸 부리지 못한 가구와 그릇들과 옷가지들의
차고 냉랭한 한기가 어둠 속에선 더 잘 보인다

고음과 저음

여자는 탁한 저음이고
남자는 독한 고음이다
매너 모드가 없다
손가락으로 누를 별표도 우물 정 자도 없다
가까이 다가가 정수리를 누른다
말랑말랑하더니 단단해지는
그들의 별표에서 갑자기 소리가 바뀐다
저음이 고음으로 고음이 저음으로 바뀌는 찰나만
한집 같다
저들은 삼 개월 황홀하고
삼 년 인내하고 삼십 년 싸우는 중이다
여기저기 털 빠진 방구들이
늙은 말처럼 길게 누워 있다

제3부

조용한 집에

하루 종일 냉장고가 웅웅거린다
처음엔 무슨 소린가 창문을 열어 봤다가
화장실도 들여다봤다가
이틀이 지나고서야
냉장고 울음소리인 걸 알았다
웅웅웅 으웅, 끙끙끙 끄응
세상 소리 막으려고 시골구석
조용한 집에 들었는데
냉장고도 귀 막고 싶은 소리 있었을까
아예 제 소리로 외부 소리부터 막고 있다
오는 손님마다 한세상 끌고 왔을 터
잡다한 소리 소문 낯선 방 가득히 풀어놨을 터
냉장고 문을 열고 안을 들여다본다
일주일치 김치 한 통과 고추장 그릇
통조림과 상추와 자두 몇 알, 그리고
물 한 통이 여전히 나그네 밥이다
그들이 낼 소리는 주인 손 탈 때 외에는 침묵
대체 냉장고 나이가 몇일까, 뒤쪽을 살피는데
갑자기 외마디 비명을 쏟아 낸다
관절 주저앉는 소리, 뜨겁게 매미 짖는 소리

>

조용한 걸 원했으나
나 또한 소리 지르고 싶어서 온 건 아닐까
심중을 떠보는 냉장고 앞면만 천연스레 조용하다

잃어버린 도시

잃어버린 도시들이 책장에 꽂혀 있어
거울 속으로 들어간 길 잃은 골목들이
찢어진 채 서재에 꼭 꼭 박혀 있다 밟히지
몇 번이고 유리에 찔린 발바닥을
버리고 간 셋방은 누구에게나 있는 거야
바오밥나무 질긴 뿌리처럼
책 속에 함부로 숨어 있다가 들키기도 하지

서성거리던 개와 낮은 담 밑에 버려진
녹슨 가위를 갖고 노는 아이들이
흘러가는 구름을 자르고 있어
더러운 솜뭉치를 솜사탕처럼 입에 넣던
어린 시절이 낡은 책 속에 구름처럼 떠돌아다니지
누런 책갈피의 부표들
한 번쯤은 먼 곳으로 흘러가
삼각지대의 모래로 쌓이고 싶었을 거야
책 속에 고인 고름같이 누런 추억들이
강의 쓸쓸한 귓밥이라도 되게
오랫동안 감추어 두었던 촉수 잃은 눈알들의
지독한 유배를 그렇게라도 보고 싶었던 거지

오늘은 오래된 책을 넘기면서
그 속에 슬어 논 벌레의 알들을 보았지
문자를 갉아먹고 살아온 미세한 가난의 유적,
살찌지 않는 내 영혼의 집을 함께 짓고 있는 걸
나는 끝내 못 본 척해야겠지

탱자꽃 그늘

탱자 가시 이빨이
살 속 깊숙이 박힌다
꽃 한 송이 건드리다 피 흘린 성역
탱자꽃 울타리 앞에서 오래도록
엄지손가락을 빤다

내리는 비도 가시에 긁혀
푸르게 터지는데
불현듯 멈춘 산길, 그 눈부신 그늘 아래
흐드러진 탱자꽃 무더기
내겐 접근 금지령이다

독한 가시를 내다 걸고
순정한 제사를 드리다 들킨 서늘한 유배지
목마른 것이 어디 사람뿐이겠냐고
오랜 가뭄에 모처럼 몸 적시며 꽃대 밀어 올리는
서늘한 축제, 기웃거리지 말라고
송곳니를 내민다

탱자꽃 그늘에 서서

깊게 패인 손가락, 목마름 대신 선홍 피를 마신다

바늘의 순례

손에 들린 쪽명주에
바늘이 길을 낸다
한 땀 한 땀 적막을 따라 심해에 든다

숨소리조차 수장해 버린
쪽빛 바닷속
고향 잃은 흰고래 울음소리가
명주에서 흘러나온다

침묵을 꿰매며 돌던 어머니의 바다
그 땀 속에 배인 눈빛은
오래도록 질긴 밤을 깁던
어머니 무릎이었다
무릎으로 도는 바늘의 순례

잠이 찔릴수록
쪽빛 바다를 따라가는
어머니 눈빛이 천년의 숲이다
일렁이는 파도 숲에서 건져 낸
몽유의 색채들!

어머니 손가락에 감기면 따스한 온기가 된다
흘러가는 꽃들을 불러내
바늘로 꿰매는 시간
깊은 심해의 고요 속,
쪽빛 출렁이며 건너오는 고래 등이 환하다

소리의 유산

귀의 주소가 바뀌었는지
날아간 소리마다 반송이다
편지를 써 본 지 오래되었다
이따금 길에 오도카니 서 있는 빨간 우체통,
찢어진 입이 배고픈 귀 같기도 하고
빈 어미젖을 물다 죽은 미자 언니
말간 동공 같기도 하다

늦도록 바느질을 하다
귀에 들어앉은 것이 재봉틀이라는 걸
이제 비로소 알았다
어머니 입은 늘 잠겨 있었다
학교 갈 때도 집에 와서도
우리 오 남매는 인사조차 할 수 없었다
오직 바느질에 여념이 없는 어미는
인사 받을 시간도 아끼고
그저 묵묵히 재봉틀을 돌리셨다

어머니는 그 소리를 유산으로 주셨는지
홀로 고요해지면 여지없이

귓속으로 찾아드는 소리
그 소리 손님이 버거울 때면 바늘에 색색의 실을 끼어
어미가 남긴 조각보를 꿰맨다
입도 귀도 눈도 틀 속에 박아 넣고 평생
자식들 생계를 꿰맨 독한 어미 사랑
나도 늙은 어미처럼 구부리고 앉아 바느질을 한다
반송하고 싶었던 주소 불명인 이명,
그 가는귀에 실을 끼어
한 땀 한 땀 어미가 들려주던 아픈 소리를 꿰맨다

문배마을*

1

나비, 나비들의 난분분
허공의 붓질이 난장이다
하염없이 서서 저것들, 저것들
검붉은 오디 사이로 들고나는
저 오색 방자한 날갯짓
희롱도 화두가 될까
유월, 문배마을 산꼭대기
천만 번 가쁜 숨으로 날아온 아득한 몽유의 발길
그래, 김가 이가 박가
서너 집 덤배덤배 모여
산꼭대기 오르는 이들에게 시골 밥상 차려 주는 마을
뽕나무 아래 의자마다
오디상 차려 놓고 입맛부터 다시라고
푸진 밥상 예고하는 나비 떼들의 춤 전령
화두가 밥상이다

2

사람의 땅에서 저들끼리 희롱하며
짓까불며 야생화 하르르

터트리는 오색 날개다
길이고 허공이고 둔덕이고 온통 나비, 나비 떼
사람 떼들이 한쪽으로 한쪽으로
길을 비켜 주고
폭죽 터트린 날갯짓에
봄을 몽땅 뺏긴 정오
문배마을이 저 혼자 환해지고 있다

● 문배마을: 춘천시 남면 봉화산 정상에 있는 작은 마을.

문배마을 2

벌레가 벌레를 씹고
오디가 오디를 먹고
길이 길을 삼켰다 뱉고
돌이 돌을 업고 구르고
산딸기가 뱀처럼 허공을 타고
나비가 나비를 무등 태워 나르고
산이 하르르하르르 무너져
길이 물처럼 하늘로 오르는
문배마을 아시나요
가쁜 숨, 천만 개의 구름 계단을 밟고
넌출거리는 허공 줄 간신히 붙들고 오르는
문배마을 가 보셨나요
뽕나무가 게워 논 오디로
고픈 배를 채우는 하늘로 뻗은 길
얼마를 더 올라야
구름 정상에 닿을까요
세 치 혀 늘어질 대로 늘어져
혀가 감고 가는 길
누가 혹 문배마을 가 보셨나요

십자가

찢기고 상한 것들만 줍는다
밟히고 밟혀 벌건 속살까지
드러난 나뭇가지들
그중에서도 가장 못난 가지들만 주워
십자가를 만든다
휘어지고 구부러져 산 길 여기저기
나뒹구는 것들

나도 한때는 구부러진 가지였다
휘어지다 부러진 나무였다
상하고 찢겨 누구에게도
귀한 적이 없는 길 잃은 길이었다

벽 가득히 십자가를 건다
삐뚤어지고 모난 십자가를 바라보니
문득 내 허물이 보인다
쓴 뿌리들이 꿈틀거리며 나를 찌른다

벽 전체가 내게 주시는 말씀이다

천년의 숲

—동백, 어둠과 빛의 내력

동백 숲 거대한 입은
어둠으로 꽉 잠겨 있었습니다
돌아온 길로 되감겨
몇 백 년 물러서다가
천년의 시간으로 들어가는 문 앞으로
동백꽃 서너 송이 후두둑,
떨어지는 것 보았습니다
오랜 공복으로 심지 올린 서러운 불꽃등
선뜻 산 문지방 넘지 못하는 일이
하찮은 우리네 내력을 다 내려놓아도 버거운 일임을
숲에 들어서서야 차마 알았습니다
자자손손 죽지 않고 목숨 이어 온 붉은 정원이
귀중본처럼 낙관 찍힌 채 몸 닫고 있었습니다
백 년, 삼백 년, 오백 년 훌쩍 넘도록
제 몸에 뜨거운 각을 뜨고
서로의 손등으로 발등으로 꽃을 피워
어둠으로 빛을 지켜 온 내력
동백나무 늙은 몸피마다 청동종이 울리고
더 이상 뿌리 내릴 수 없는 지문은
허연 버짐으로 가득했습니다

온 때를 몰랐듯이 갈 때를 모르는 내력이
가장 오래 산 늙은 동백 몸피에 시차로 새겨지고
천년을 지키다 거룩한 성전이 된 숲은
붉은 에봇옷[●] 입고 지금도 예배 중이었습니다

● 에봇옷: 성경 속, 구약 시대에 제사장이 입던 거룩한 옷.

납작한 슬픔

그녀의 몸에 누가
고양이 문신을 그려 넣었을까
제 몸을 할퀴고 간 바늘을
그녀는 기억하지 못한다
겨우 냄새를 기억하는 습성만
다른 유전자를 꿈꾸지 않아도 싱싱할 뿐
한번 다녀간 길만 반복하는 고립에
그녀는 오늘도 갇혀 있다
한 냄새에 중독된 그녀의 발바닥은
길바닥에 치인 너덜너덜 닳아진 고양이의
납작한 슬픔을 몇 날 며칠째 밟고 서 있다
품에서 미끄러지듯 달려가던 아찔했던 공포 더듬이
감각도 없이 풍장 돼 가는 짐승의 몸피가
흘러가는 차창에 빠진 구름같이 허구라고
바짝 마른 눈빛이 도로에 휘발된
작은 짐승 냄새를 아직도 찾고 있다
그녀에게 온기가 있었다면 야성을 길들이던
고양이 발톱과 자신의 손바닥이 전부다
언제 흘러내렸는지 그녀의 어깨에
고양이 한 마리 까맣게 박혀 있다

어둠이 깊을수록 빛나던 눈빛
주머니에 깊숙이 들어간 그녀의 손엔
말라빠진 고양이털이 몇 가닥 잡혀 있다

한때는 나도 새였다

나를 끌고 온 건 붕[*]이었다
산에 올랐을 때
발아래가 꿈틀거리는 걸 보았다
산 능선 한 귀퉁이가 계속 퍼덕거렸다
먹먹해진 눈이 출렁이는 산자락을 잡고 있었다
산자락 한쪽이 요동치며
흙을 털고 허공을 쳐올리고 있었다

한때는 나도 새였다
발바닥이 바닥에 닿지 않고 허공을 버텼을 때
중심에서 부리가 솟고
옆구리에서 날개가 돋는 것을 보았다
하늘이 나를 끌어올리고 있었다
무의식이 곤하게 잠든 사이
내 의식이 허락했을 것이다
축령산 한쪽 발이 번쩍 들려 있다
한 날개에 힘을 주면 산 전체가 꿈틀거리며
일어설 것이다

산이 거느리는

적요는 대체 몇 만 평인가
텅 빈 산인 줄 알고 기어오르다
붕이 끌고 가는 거대한 산의 날개를 본다
그 흔들리는 날개 위에 서면
내 담력의 평수도 만만치 않겠다 싶다

● 붕: 북명에 물고기가 있다. 그 이름이 곤이다. 곤의 크기는 그것이 몇 천 리나 되는지 알 수 없다. 변하여 새가 되었는데, 그 이름이 붕이다. 붕의 등이 그것이 몇 천 리나 되는지 알 수 없다. 노하여 날아올라 그 날개가 하늘의 구름을 덮는 새이다.

틈새

남자의 팔을 끼려는 여자 손의 배후를
움찔하는 남자의 근육이 읽는 걸
잠시 모르는 척하는 사이
차창에 비친 남자의 불편한 시선이 반대편
창가에 가 닿고 있는 거리를 여자는 셈하고 있다
그 딱딱한 의지까지 배려일 수 있다고
잠시 쓸쓸해하는 걸 들키지 않는 일이
여자에겐 어려운 자존일지 모른다
어깨와 어깨를 조심하며 한 목적지를
끝내 견디는 일이 주는
건조한 틈새를 훔쳐보다가
아, 지금의 내 삶도 저와 다르지 않다고
자신에게 주억거린다
밤 기차를 타고 앞 칸에 앉은
연인인지, 부부인지 모를
젊은 남녀의 식은 온기를 보다가
문득 내 중심에서 멀어져 가는 변방이
흘러가는 차창에 심하게 흔들리고 있음을 보고 있었다

틈새 2

지붕이 없어진 지 오래된 여자는
벽이 된 남자를 호출하지만
찢어진 우산도 되지 못한 남자는
서둘러 팔아 치운 가계를 되찾지 못할 바엔
구들 없는 도시로 가는 게 낫겠다고 몸을 돌린다
여자와 남자는 각자의 거리에서
노숙한 지 오래되었다
같이 파고들 따뜻한 틈새가 없어
바람에 옷을 빨고 구름에 옷을 널며 하루를 견딘다
간간 햇빛에 다린 옷에선
오래된 간장 절인 냄새가 난다
냄새가 슬어 논 틈새에선 벌레들이 세 들어 살고
옷마다 까실까실 일어서는 보풀 틈새를
기웃거리느라 쓸쓸할 틈도 없다

여자와 남자는 가끔 길과 골목의
체위를 바꾸면서 식은 온기를 갈아 준다
이미 찢어진 구역이어서 각기 벌어진 틈을
읽을 수는 없지만
허기진 길들이 쌓인 곳에서

그들이 하는 말은 모두 흘러가는 물이어서
언젠가는 만나질 것이라고
바람의 귀에다 간간 전할 뿐이다

뒤가 환하다

깊은 산속,
햇빛 서너 장 깔고 뒤를 본다
삼나무는 너무 높아 보지 못할 터이고
산새들은 허공에다 변을 보니 흉볼 처지 아니고
희끗희끗한 잔설들 햇빛에 녹으며
에그, 에그, 하다가 이내 사라질 터이니
염치없이 나는 시원하게 일을 본다
산에선 냄새도 없다
사방이 열린 문이니 오지게 뒤를 본다
헌데, 이걸 어쩐다? 휴지가 없다
주머니를 뒤지다 딸려 나온
손바닥만 한 면수건 한 장
반을 접어 뒤를 닦으니
그 속에 찍혀 나온 황금 문장
그래, 오장육부 다 썩어 나온 적나라한 언어

햇빛에 잘 삭으라고
산에 거름 한 사발 놔 주고 일어선다
뒤가 환하다

늦재

—무등산에서

막 앉았다 간 그늘 한 점이
돌에 묻어 있다
흐르는 문양이 단단하게 박혀 있다가 놀란다
발에 차이는 것들 속엔
숨찬 마음 하나씩 숨어 있는지
발가락이 잠깐 흐려지는 걸 보면
구르는 돌도 번쩍 치켜뜨는 아픈 눈이 있나 보다
얼마를 올라야 다 오르는 거냐고
산에게 채근하지만
구름 그림자에 섞여 더욱 붉어지는
단풍나무 잎새만 분분할 뿐
산도 멀고 하늘도 멀다
새끼 능선이 아래로아래로 밟히다가
눈썹 아래서 더욱 붉어지는 가을
목까지 차오르는 설움이 있다면 아마
산에게나 먹여야 할 거라고 혼잣말을 뱉는다
발바닥도 단풍이 들려는지 먹먹히 뜨거워지고
아직도 먼 능선 하나 턱까지 바짝 끌어다 놓고
나는 짐승처럼 대거리한다
발걸음과 발걸음 사이 그 틈새를 잇고 가는

산 계단이 얼마나 가파른 절망인지를
산이 내게는 아직도 멀다

제4부

노터치 제거

—나쁜 손님

근종은 섣불리 건드리지 않는 거야
그 둘레를 빙 둘러 홈을 파는 거지
것도 손님인데 무작정 칼을 들이댈 순 없지
살짝 암시만 주자구
찌르기 전에 먼저 성벽부터 쌓는 거야
왜 썩은 거 놔두냐구?
겨우 살아남은 것들까지 왜 도려내냐구?
가라지 뽑다가 알곡 다치는 거 모르는군
그냥 숨어서 먼저 울자구 울어야 사는 거 몰라?
속도에 치여 눈물이 따라와도 끝내
모른 체하는 게 삶인 줄 알았다구?
고름 든 곳 중심을 선뜻 만지지 못하는 거야
그 가상이부터 조심스레 조여 가는 거지
그리곤 때맞춰 꽉 쥐어짜는 거야
그때만은 사정 봐줘선 안 돼지
나쁜 손님이 중심을 차지하고 놓지 않을 때
그를 내보내는 방법이지

모래밥상

입이 방전되었다
귀가 달싹거리며 대신 말을 하려 했고
앞서 간 눈이 입 대신 펄럭였다
폭설로 쌓인 언어가 누설처럼 차고 섬찍했다
침묵은 설정이었고 은둔자의 비밀 노트였다
분노를 견디는 걸 끝까지 몸이 거부했다
면전을 가린 대형 플래카드엔
문자 대신 끝없는 사막이 걸려 있었다
눈이 없는 사막, 사막도 모래 밧데리가 방전됐는지
낙타의 나침판에 기대어 신기루를 찾는 목소리가
현수막에 백색으로 걸려 있었다
세상의 독한 밥상에 모래밥상 반반씩 섞어
더 이상 이상주의자들에게 나를 팔지 않기 위해
가난한 연민에 하루 끼니를 뺏기지 않기 위해
하루 밥 한 그릇이 전부인 빈곤들을
모래처럼 탈탈 털어 거덜 내기 위해
가여운 허세, 그 가벼운 신기루를
사막의 방물장수에게 도맷값으로 넘기기 위해
뱀눈을 한 베두인에게 안전히 저당 잡히기 위해

독방

오지를 자처하는 데는
고양이 눈빛이나 숨긴 발톱 같은
스스로 길어 올리지 못하는
어둠의 내력이 있는 거지
제 어둠을 갉아먹으며 그 맛에 길들여진
캄캄한 사하라
오아시스도 발바닥 밑에 숨기고
목마름으로 타는 별들만 마시게
하늘로만 창을 낸 독방
마을의 온기도 사람의 체온도
바람이나 비나 눈보라의 기온도 잊어버린 정원에
누구를 불러 식탁을 차릴 수 있을까
무의식들이 놀러 와 누구의 이름이라도 되는 검은 방주
분란된 내면들이 몇 번씩 바꿔 쓰는 가면 축제에서
혼자 터트리는 폭죽
그 불발탄의 쓸쓸한 적막 한 사발 꿀꺽!

눈물

방에서 문을
꼬옥 잠그고 울었는데
눈물이 어느새 마당에 나가 있다
달빛이 그 눈물을 받아 적고
느릿한 빛으로 어스름도 받아 적으며
마당까지 데리고 어딘가로 가는 중이다
예전엔 눈물이 바다 끝이었으나
지금은 강 한 바퀴 돌아와
멀리 산 능선 하나 끌어당겨
발바닥 밑에 슬렁슬렁 꿰매어 두는
철없는 장치이다
눈물은 바늘이어서
땀도 피도 짜내어 시침해 두었다가
달빛 좋으면 그에게
잘 복사시켜 두는 것이다, 어느 날
눈물도 메마른 날이 오면
그때 마른 눈에 촉촉이 심기 위하여

사랑니

폰으로 사진 한 장 날아왔다
엄니, 오늘 사랑니 뽑은 거 ㅎㅎ
잇몸을 찢고 나온
어린 사슴 뿔 같은 저 붉은 것
막내가 오랫동안 사랑니 땜에 고생했다
어느 날 내 흰 머리카락 뽑다가
엄니 나 결혼할래, 하더니
그때부터 통증이 더해 가던 사랑니
그래, 진통 없이 사랑하겠든
이제 머리카락 뽑는 일
시들해지겠구나
네 사랑, 또 그 입안의 사랑니 견디느라
거기에 몸과 맘 주겠구나
한동안 머리에 하얗게 눈이 내렸다
녹지 않는 눈
한번 맞으면 삽으로 푸기 전엔
당최 녹지 않는 눈부신 사랑
오늘 마침내 뽑은 사랑니
아들의 입 저 구석에서 피던 사랑 꽃
그래 사랑은 하나지

몸에 닿는 사랑 얻었으니
그 눈물겨운 통증만이 사랑이지
갈고리 같은 사랑 쑥 뽑아
어미에게 이빨 사진 한 방 날려 놓고
아들은 장가가기 전, 그 천진한 웃음을 보냈다
저도 사는 게 욱신욱신하겠지
사랑하느라, 살아 내느라

이제 보니 詩는

몽당연필도 귀해
침 바르며 글 쓰던 시절
시인이 되면 좋겠다 싶었다
밥풀 하나에도 입 찢어지게 싸우고
아버지 밥그릇에 밥알 서너 개라도 남지 않나
눈 찢어지게 염탐하던 식탁
밑천 없이 연필 하나만 가지면
밥이 되는 시인이 되고 싶다고
노래 부르던 시절이 있었다
너무 늦은 나이에 나는 시인이 되고
시인 옷엔 그래도
나비가 날아들고 입술엔 꽃도 피어
밥그릇이 되고 그릇은 책이 되어
아주 잠깐씩은 유랑이 휴식이 되는가 싶었다

이제 보니 시는
밥이 아니라 독에 가깝고
꽃과 나비가 아니라
단숨에 태워지는 갈대에 가깝고
유랑이나 휴식이 아니라

천 번씩 꺾여 나가고 분질러지는 붓이어서
골방보다 더 좁은 쪽방 벽에 박힌
빼도 박도 못할 피 질질 흘리는 녹슨 못이라는 걸

노트북

노트북에다 바다를 저장했는데
파도가 거세 입력이 안 되더군
용량 부족인지 심해로 내려가야 하는 고래의 등이
바탕화면에 떠 있어
이제 아프리카 숲이 다 베어지고
황량해진다 하던데
사막에 나무를 심어 봤자 언제 푸른 바다가 될까
노트북까지 밀려오는 모래 폭풍은
우리의 식탁까지 사막이 된다는 거지
저장이나 설정은 나무를 심는 거지만
구호이거나 현수막일 때가 많아
바탕화면은 쉽게 삭제되기 십상이지
시야를 가리는 유출 가능 개인 정보만 날마다
화면에 떠 있어
죽어 가는 나무를 치료해야 하는데
바이러스 치료 데이터가 2,200건이라고
아무리 삭제를 눌러도 당최 사라지질 않지
그나마 화면에 심어 논 나무도 보이질 않아
이제 노트북까지 종말이야
사막의 군대들이 모래를 튀기며 달려오지

백색 침묵

이 도시엔 소리가 없다
눈에 갇힌 태양과 산과 거리들이
눈 속으로 뿌리를 내리고 있다
얼음 제국을 만들고 있다
이젠 소리가 큰 사람들은 소리 없는 자신을
배양해야 할 곳을 찾아야 한다
더 단단한 얼음 속으로 소리를 저장하는 동안
위탁할 수 없는 행보가 불안하다
얼음으로 만든 강과 얼음 스틱이 된 길이
집의 울타리가 되는 도시
삽으로 푹푹 퍼 올려지는 백색 침묵이
점령군처럼 당당하다
뭣 모르고 끌고 온 내 차는 얼음차가 되어 가고
나도 어느새 딴딴한 눈사람이 되었다
핸드폰이 터지지 않는다
문자 메시지 신호음도 땡땡 얼어 수신이 멈춰 있다
장례식 발인 날짜가 예배 의식일 뿐
기도도 불러올 수 없는 이 도시는
백색공포다
백삼 년 만에 하얀 짐승이 혼자 도시를 삼키고 있다

바다는 치명적이다

백오십 마리의 고래가
바닷가 모래사장으로 올라왔다
북극으로 이동한다는 동료 간의 통신이
두절되었다고 하고
선박들이 쳐 논 음파탐지기를
동료의 신호인 줄 오독했다고도 한다
길 잃은 고래들의 줄초상이나 떼 자살?
방향을 놓친 치매가 고래에게도 있다면
바다는 치명적이다
저 거대한 삶들을 단번에 몰락시키는 자연이
인간이라면 더 치명적이다
어떤 전언이 저같이 잔인할까
모래사장을 빽빽이 메운 거대한 주검을
들여다보는 인간들, 살인 고래들이다

전파 그물에 걸린 고래들,
모래사장으로 올라와 익사한 제 몸들 뒤집어 전시하고 있다

또 다른 피

등이 가려운데 눈에 손이 없다
손이 자라지 못해 닿지 못하는 가려움
묵은 때가 등에서 씩씩하게 자라는 동안
왼손과 오른손이 여러 번 바뀌다 지친다
펌프질로 평생 바쁜 심장이
온몸에 피를 퍼 돌리는 동안
차마 누가 알까 핏속에 감춰 둔 또 다른 내 피
무섭게 가려운 등처럼
나도 볼 수 없는 뒤쪽의 악취가
죽은 듯이 가슴속에 눌려 있는 걸 안다
손으로는 어쩌지 못하는 피
가려운 현장을 정면으로 볼 수 없는 동안
불편한 진실은 몇 번이고 안에서만 뒤척이고
그렇게 또 펄펄 가려울 정도로만 죄를 잊는다

소금사막

—알티플라노●

태고의 시간으로 굳어
억겁의 물기를 증발하며 살아온 고원
천 개의 호수였다가
만 개의 바다였다가
일만 만 개의 사막이 된 알티플라노
일 년에 일 센티씩 자라는 선인장보다
더 느리게 죽는 몸으로 살아 낸 소금사막에서
닿지 않는 잉카제국의 기원을 본다
칠천 키로의 높이에서 염분이 된 산고의 바다
얼음과 불바람과 소금으로 하늘을 붙잡은 대지
그 대지를 박차고 지금 플라밍고가 날아오른다
펄펄 끓는 허공을 끌고 타올라
태양이 되는 홍학의 춤,
화면 가득 소금바다를 보다가
순간, 내 안에 갇힌 만만 개의 거친 날갯짓을 본다
순간과 문득 사이
홍학이 되어 춤추는 하늘 저 끝
사막이 산산이 해체되고 있다

● 알티플라노: 안데스산계의 중앙부에서 남북으로 펼쳐진 해발고도 3,000–4,000미터의 고원.

빨간 우체통

딱딱한 풍선이다
　칼로 입술 크기만큼 그어도 바람이
빠지지 않는 경직된 구멍이다
　어쩌다 돌아서는 길목에서 안부 없이
안부를 기다리는 우직한 친절이다
　하염없이 서서 제자리 지키는
사절할 수 없는 기다림이다
　손가락 하나 까닥까닥 누르면
찰나에 이동되는 문자,
　미니 폰에 밀려난 깜깜한 안녕이다

　후미진 길,
멍하게 서 있는 빨간 우체통
　그 찢어진 구멍에
가만히 체온계를 대고 싶은 날
　오늘 기다림은 몇 도일까
슬쩍 내 손가락이라도 넣고 싶다

여기선 바람이 짐승이다

1

흙벽으로 스미는 바람
등 닿은 벽에서 거친 연주가 시작된다
겨울을 끌고 들어온 외부
내부는 온기 한 장 없다
아궁이 설설 끓던 불길은 방에서
오래 살지 못한다
시골집 구들장 탐하던 낭만은
금세 들통 나는 환상이다
유독 손발이 찬 나는 우기고 들어온
이 혹한과 끝내 친할 수 없다
냉기와 손잡고 시치미 뗄 수 없다
언 벽이 계속 등을 밀어낸다
여기선 바람이 짐승이다
공기를 육체로 입은 살아 있는 짐승
바람 주먹이 내 이마를 친다
방바닥이 뜨거울수록 바람 기세는 등등하다
문명을 버려 자연을 얻었으나
추울수록 문명이 그립다

>

흙집의 거친 들숨과 날숨
하루 종일 안일과 불편이 싸운다
세 시간만 뜨거운 구들과
그 구들을 쉽게 죽이는 웃풍과 싸운다

2

발목에 벌레가 기어간다
이불을 걷어 보니 온몸에 식은 땀방울이 살아 있다
땀방울 속에 담긴 구부린 태아의 냉한 몸짓
나는 대체 어느 찬별에서 왔지?

소양강

누구에게 이렇게 막막히
들어간 적이 있을까
내 안에 나와 한번도 합일되지 못한 강
그 속을 들여다보니
깊이 고랑이 패여 있다
고독한 저 곡괭이 자국
누가 흐르는 땅에 곡진한 씨앗을
심으려 했을까

한번도 심지 깊은 눈길 주지 못한
스스로 강이 되어 비껴간 시간들만
물속에 주름 잡혀 있다
물길 깊은 강
금기의 깡통 속에서 종을 쳐 대던 바람이
강물의 표피만 긁고 간다
강물에서 이명 소리가 난다
그도 귀앓이를 하는 모양이다
속 깊은 아픔을 바람도 건드리지 못한다

제 몸을 끊임없이 갈아엎어 논

물속의 토지에 내가 버린 발바닥이
꾹꾹 찍혀 있다

해 설

바늘의 몽상

김지선

1. 추억과 몽상의 변증법

"어둔 방은 우주로 통하고/ 하늘에선가 소리처럼 바람이 불어온다." 윤동주가 「또 다른 고향」에서 노래한 것처럼 시인은 한 평 좁은 방 안에 갇혀 있으면서도 우주에 닿을 수 있는 존재다. '몽상의 힘' '상상의 역능(力能)'이야말로 현실의 벽을 일순간 뛰어넘어 존재의 지평을 넓히는 가능성이다. 그러나 실재의 '좁은 방' 없는 우주로의 초월은 공허하거나 우스꽝스러운 공상으로 추락하기 마련이다. 「시인의 말」에서도 인용되는 "몽환의 집은 출생의 집보다 훨씬 심오한 주제다"라는 바슐라르의 말은 실재라는 토대 없이 이루어지는 몽상을 지칭하지 않는다. 오히려 바슐라르는 "추억의 집, 출생의 집은 몽환의 집이라는 지하 예배실 위에 지어진 것이"라 했다.[1)]

1) 가스통 바슐라르 저, 정영란 역, 『대지 그리고 휴식의 몽상』, 문학동네, 2002.

몽상은 내밀성으로 뭉쳐진 추억에 닻을 내리고 꿈이라는 뿌리를 깊이 뻗는 역동적인 힘이다.

정영주 시인의 세 번째 시집 『달에서 지구를 보듯』은 추억과 몽상이 내밀하게 삼투하여 '보편적 삶의 방식'에 대한 성찰에 깊이를 더한다. 추억이 단독자의 경험을 반추하는 것으로 한정된다면 그것은 개체를 위로하는 찰나의 사건으로 끝이나 버린다. 하지만 추억에 몽상이 덧씌워질 때 그것은 보편성의 성찰로 확장된다. 정영주의 이러한 성과는 하루아침에 획득된 것이 아니다. 이는 개인이 체험한 삶의 질곡, 그 리얼리티를 노출시키는 데 경주했던 시인의 첫 번째 작업(『아버지의 도시』, 실천문학, 2003)과 원형적 이미지를 통해 존재의 근원을 상상한 두 번째 작업(『말향고래』, 실천문학, 2007)을 거쳐 지난(至難)하게 이루어진 것으로 보인다.

『달에서 지구를 보듯』에는 시인의 원체험을 정제시키고 숙성시킨 통증과 성숙의 언어가 아로새겨져 있다. 시집에는 나의 근간이 되는 가족과 인간의 끈끈한 관계들, 개체로서 피할 수 없는 존재론적 고독과 같은 삶의 진면목을 관통하는 날카로운 시선이 존재하지만, 한편으로 이런 고통을 객관화하며, 어루만지는 따뜻한 몽상이 피어오른다.

2. 바늘의 몽상

『달에서 지구를 보듯』에는 바늘과 행성의 이미지들이 자주

등장한다. 바늘은 정영주 시인의 근저를 이루는 모성을 환기시킨다는 점에서 환유이기도 하고, 행성을 비유하는 측면에서 은유로 작용하기도 한다. 아래에 인용된 시는 특히 이번 정영주 시집의 가장 핵심적 특성을 집약하고 있다는 점에서 중요하다. 시에서 바늘의 행적은 행성의 운행과 유사성을 토대로 그려진다.

바늘에 실을 꿰면
행성이 되는 거야
뜨거운 목성, 벨레시모가 되는 거지
섭씨 천 도의 몸으로 태양을 도는 일
절반의 빛과 절반의 어둠으로 우주를 꿰매는 일
바늘이 도는 궤도는 집요하고 뜨거워
다른 외계를 꿈꿀 수가 없어
어떤 광기도 바늘의 순례만 못하지
고아 행성이 플레시모야
어미 없는 깜깜한 혼돈이지
거긴 철로 된 비가 내리고
씩씩한 양철 우산이 필요하대

무명과 옥양목 사이에서
어미 항성을 보는 일은
고아 행성으로 돌던 길을 바꾸는 혁명이야
거대한 압력을 깨뜨린 용암이지

바늘에 무수히 찔린 구멍에서 피가 흐르면
카펫에 떨어진 붉은 별을 볼 수가 있지

바늘을 부러뜨리는 날이 올까
차가운 것으로 뜨거운 것을 달구는 날이?

—「바늘의 행성」 전문

행성은 항성을 중심으로 하는 회전을 일차원적 속성으로 지닌다. 무엇인가를 중심으로 돌면서 그 궤도에서 벗어나지 않는 어김없는 반복이 행성의 정체성이다. 아무튼 가시적으로는 그렇게 보인다. 하지만 내면 또한 중심만을 향해 달려가는가? 그 내면에는 벗어나려는 원심과 결속하려는 구심의 치열한 쟁투로 뜨겁게 달궈진 어떤 치열한 갈등이 자리하는 것은 아닐까?

인용 시는 행성의 숨겨진 내면을 발견한다. "고아 행성이 플레시모야 (……) 씩씩한 양철 우산이 필요하대"라고 무심한 듯 내뱉는 어조 속에는 고아 행성-떠돌이의 자유에 대한 열망이 잔잔히 물결친다. 그러나 2연의 어조는 돌연히 마음의 행로를 바꾸려는 결연한 의지를 발현시킨다. 늘 구속당하며 벗어나지 못했던 어미 항성을 다시금 향하는 노선 변경은 뜻밖이다. 하지만 구심적 속박으로부터 벗어나고 싶은 욕망을 거스르는 것은 '혁명'만큼이나 쉽지 않은 사명이다. 이런 팽팽한 갈등의 마음자리는 아이러니하지만 도리어 시의 화자가 지닌 '이탈의 생생한 갈망'을 떠올리게 한다.

이탈과 머무름 어느 한쪽으로 기울지 못하는 갈등의 내부에는 무엇이 자리하고 있는가? 이를 살펴보기 위해서는 시집 전체를 관통하는 '바늘'의 은유를 세밀하게 확인할 필요가 있다. 바늘을 중심 모티프로 하는 시집의 시편들에는 '바늘의 존재론'이라고 할 만한 '비극적 숙명'이 내재되어 있다. 위의 인용 시 「바늘의 행성」에서 바늘은 기본적으로 실에 매여 있는 존재다. 바늘의 꿈이 아무리 멀리 나아가도 바늘의 실체(substance)는 목양과 옥양목 사이 어딘가에 머무를 뿐이다. 바늘은 바늘 부러뜨리기, 즉 존재 스스로 자신의 전 존재를 부정하는 사건을 감행하지 않고서는 벗어날 수 없는 운명을 지녔다. 이런 바늘의 존재론은 바늘이 환기시키는 어머니에 대한 시인의 기억과 떼려야 뗄 수 없는 관계를 지닌 것으로 보인다.

어머니가 가셨던 길처럼
한 올 한 올 바늘로 쪽빛 모시 꿰맬 때마다
멀리 떠난, 더는 깁을 것이 없는 어머니를 떠올리지
평생 바늘과 옷감을 놓지 않으신 어머니
그것으로 가족을 기워 둥근 띠를 엮으셨던 어머니
아버지 없는 둥근 밥상에 오글오글 새끼들만 모여
밥상까지 통째로 먹는 허기진 아이들
명주에 들어간 바늘이 실을 끌고 다닐 때
천이 제 몸들을 꼬옥 껴안지 못하면 바늘은
성글게도 허공과 손가락만 꿰매 놓곤 했지

—「삼솔 뜨기」 부분

'삼솔 뜨기'는 솔기끼리 서로 껴안는 바느질이다. 이 바느질의 방식은 마치 가족들이 서로 엉켜 껴안는 형상과 닮아 있다. 옷과 바늘을 제대로 포용하지 못할 때 솔기를 놓치고 맨손에 상처만 남기듯 어머니는 존재의 온 힘을 다해 자식을 지켰다. 바느질은 가족의 목숨을 부지하는 위태로운 수단이다. 시는 어머니를 향한 마음결을 '깊은 그늘'과 같이 담담하게 표현하지만, 이런 절제된 표현이 도리어 어머니를 향한 먹먹한 마음의 크기를 짐작케 한다. 『달에서 지구를 보듯』 전체에서 바늘은 어머니에 대한 추억과 애도, 지난했던 가족의 삶에 대한 연민과 애증이 뒤얽힌 복잡 미묘한 상징으로 작용한다.

아래 인용 시는 희생의 삶을 살았던 어머니, 자식들에게 모든 것을 쏟아부었던 존재를 향한 연민에 머무르지 않고 그 이상을 들여다보고자 한다. 시는 어머니의 몽유를 통해 바늘의 몽상을 사색한다.

침묵을 꿰매며 돌던 어머니의 바다
그 땀 속에 배인 눈빛은
오래도록 질긴 밤을 깁던
어머니 무릎이었다
무릎으로 도는 바늘의 순례

잠이 찔릴수록

쪽빛 바다를 따라가는
어머니 눈빛이 천년의 숲이다
일렁이는 파도 숲에서 건져 낸
몽유의 색채들!
어머니 손가락에 감기면 따스한 온기가 된다
흘러가는 꽃들을 불러내
바늘로 꿰매는 시간
깊은 심해의 고요 속,
쪽빛 출렁이며 건너오는 고래 등이 환하다

—「바늘의 순례」 부분

시는 깊고 고요하며, 기품 있는 아름다움을 전한다. 밤의 고요한 침묵 속에 태곳적 원형의 이미지를 간직한 흰 고래 한 마리가 천천히 유영하는 상상은 우리의 마음에 편안한 안식을 준다. 이러한 안식은 잠을 쫓아 가며 밤새 바느질에 몰두하는 어머니라는 존재 덕분이다. 시적 화자는 밤새 바느질에 골몰하다 반쯤 잠에 잠긴 어머니의 그윽한 향취를 통해 세계의 자궁인 바다에 잠겨 있기라도 하듯 편안한 안식에 잠길 수 있는 것이다.

하지만 어머니의 몽유는 시인에게는 양가적인 의미로 발현되는 듯하다. 그것은 시인의 몽상의 자양분이지만 동시에 떨쳐 버릴 수 없는 삶의 통증을 유발하는 원인이기도 하다.

어머니는 그 소리를 유산으로 주셨는지

홀로 고요해지면 여지없이
귓속으로 찾아드는 소리
그 소리 손님이 버거울 때면 바늘에 색색의 실을 끼어
어미가 남긴 조각보를 꿰맨다
입도 귀도 눈도 틀 속에 박아 넣고 평생
자식들 생계를 꿰맨 독한 어미 사랑
나도 늙은 어미처럼 구부리고 앉아 바느질을 한다
반송하고 싶었던 주소 불명인 이명,
그 가는귀에 실을 끼어
한 땀 한 땀 어미가 들려주던 아픈 소리를 꿰맨다

—「소리의 유산」 부분

가만히 있어도 들리는 이명(耳鳴)에 시달리는 고통은 어미로부터 물려받은 생의 통증이며, 떨쳐 버릴 수 없는 아픔이다. 시인은 어머니처럼 바느질에 골몰하지만 어머니의 생은 버겁고 닮을 수 없으며 벗어나고 싶다. 그러나 어머니에 대한 추억과 연민의 기억은 절대 떨쳐 버릴 수 없이 시인의 평생을 감싸는 기억이다. 어머니의 생은 시인에게는 머리가 아니라 이명처럼 몸에 새겨져 떨쳐 버릴 수 없는 온몸의 기억이다. 반송하고 싶은 이런 소리의 유산에서 벗어날 수 없듯이 시인은, 아니 우리 모두는 시원을 향한 그리움과 죄책감이 섞인 이중의 마음을 벗어 버릴 수 없는 존재이다.

3. 삶의 시원(archē)을 향한 이율배반

사실 인간은 누구나 자신의 근원에서 벗어나고 싶어 하지만, 동시에 지향하는 이율배반적인 마음을 지니고 있다. 이것은 보편적 인간의 속성이다. 모든 속박과 굴레로부터 완전히 벗어나기를 꿈꾸지만 동시에 내재된 본성 때문에 벗어나지 못하는 아이러니한 존재가 인간이다. 정영주 시인은 이 양면성을 숨기지 않는다. “집을 버릴 수 있는 용기도 혁명이지요” “자유의지를 묶어 논 집은 비상구가 많지요”(「누설」)라는 시구절처럼 정영주는 집을 안식보다는 속박의 공간으로 그린다. 문제는 이 속박이란 타인에 의한 것이 아닌 자발적인 감금이기에 도주 불가능한 공간이 된다는 데 있다. 시 「도주」는 시인의 이런 마음의 토로이다. “섬광 같은 황홀이 있었다면/ 그게 통로가 되겠지요/ 그렇게 참혹한 계단이 있다면/ 가장 짐승에 가까운 무릎으로/ 비상구를 찾는 것이 구원이 될 거예요/ 오랫동안 가둬 온 도주/ 빛이 있다면 잔인한 거지요/ 지금은 다 닳아진 무릎만 믿을 수 있답니다”(「도주」)에서 역설하는 것은 결국 도주의 불가능성이다. 도주의 통로는 “섬광 같은 황홀”을 통해서만 가능한 것이라는 표현은 찰나의 염원으로만 끝나 버릴 도주의 운명을 예고한다. 이렇듯이 정영주의 시는 불안한 마음의 가장자리를 서성이며, 마음 깊숙한 곳의 티끌 한 점까지 들여다보는 염결성을 드러낸다. 시는 출렁이는 물처럼 마음의 세세한 움직임을 들여다보는 투명한 미덕을 지녔다.

『달에서 지구를 보듯』에 나타난 근원 회귀와 이탈 지향은 시인의 유년의 체험, 부모로부터 얻은 삶의 기억과 밀착된다. 부모는 인간에게는 삶의 시원이며 벗어날 수 없는 아르케(archē)이다. 유년의 체험을 통해 얻게 된 마음의 근저를 다른 말로 표현하면 유년의 콤플렉스라 할 것이다. 유년을 끈으로 하는 마음자리는 끊어 버리고 싶지만 끊어 버릴 수 없는 영원히 실에 매여 있는 바늘의 운명과 다르지 않다.

작은 마당 한 켠에
능소화 한 그루 심고 싶은 적 있었는데
겨우 쪽마당 있는 집으로 이사 가면
얼마 안 있어 아비는 다시 줄행랑치고
마당 꽃들은 마구 시들고

보따리 보따리 어미 뒤를 따라나서던
낯선 동네, 거기서 보았던 뚝뚝 지던 능소화들
우리 남매들처럼 남의 집, 쪽방 한 켠으로
뚝뚝 지던 어린 꽃들. 꽃이어도
꽃인 적이 없던 나무를 떠난 꽃들

이제 돌아보는 시간에 와서도
낯선 동네를 유리한다
늘 그랬던 것처럼 모르는 골목에 와서야
정착인 것 같은 이런 여정, 시작과 끝이 없는

능소화처럼 담 밖으로 뚝뚝 지는
져서도 여전히 붉고 붉은 가족들

—「낯선 동네 한 바퀴」 부분

정영주의 시에서 어머니가 순례와 구심이라는 속박의 이미지로 형상화된다면 아버지는 중심 없이 부유하는 이탈의 이미지로 나타난다. 정착과 유랑의 갈등은 정영주 시에서 늘 '아버지'로부터 비롯된 것으로 나타난다. 아비는 중심이 없이 유랑하는 존재이며, 그의 존재는 시인이 꿈꿨던 유년의 정착을 이룰 수 없는 갈망에 불과한 것으로 만들었다. 문제는 이러한 체험이 어른이 된 현재에도 지울 수 없는 궤적을 남기는 것이다. 인용 시에서 시인은 남의 정원에 아름답게 핀 능소화에 매혹되는 존재다. 자신의 정원에 능소화를 심으려는 꿈의 좌절이 반복되는 가운데 시인의 운명은 타자의 삶을 받아들이고 이에 순응하는 습성이 배어 버린 것이다. 모르는 동네에 와서야 정착 같은, 유리된 삶을 자기 것으로 받아들이는 슬픈 숙명은 그러나 한 개인의 불행한 삶에서 멈추는 것 같지 않다. 시인은 개인의 내밀한 삶을 통해 모든 인간이 처한 보편적 삶을 들여다보는 '견자의 눈'을 획득한 존재가 아니겠는가.

집은 늘 가혹하다
집을 나가 본 발이 입을 연다
신발이 기억하는 발은 이미 다 해지고

구멍 난 손이 깁는 바늘은 여전히
순례를 끝내지 못했다
순례를 사람의 유전으로 돌리는 시간은 없다
주름이나 패인 돌이나 오래된 벽화는 유목의 흔적일 뿐
발견되기 전 바람의 행보일 뿐
오백 년 전 누옥의 툇마루를 뜯어
아홉 번 옻칠한 방에 들고서야 노숙을 멈춘다
발이 없어졌다는 걸 너무 빨리 알거나
손가락이 미처 기억해 내지 못한 바늘의 길을
너무 늦게 알았다는 것이 미안하다
집이 제 이력의 지문을 갖고 노숙을 끌어들이는 일

잃어버린 바늘을 손바닥으로 훑으며 피가 나기를 기다린다
너무 조심할 나이가 지났다는 전언을 듣는 일이 두렵다
노숙이 순례라고 닳아진 신발이 주절거리는 소리가
방에 불을 지핀다
아궁이 없이 산 시간이 달궈진다
모처럼 뚜껑이 열린 방을 깁는 밤이다
산발한 눈들이 지붕을 핥는다

—「방에 불을 지핀다」 전문

이것은 시선의 확장이다. 발과 손의 대조적 행적은 개인적 체험으로 한정된 운명이 아니라 모든 이들의 보편적인 삶의 은유다. 발은 늘 유랑하며 떠도는 노숙을 천명처럼 받들고 손

은 구멍이 날 때까지 한곳에서 바늘의 길을 지속한다. 그것은 순례다. 오백 년의 시간으로 표현되는 긴 시간 동안 기다림과 방황은 만나지 못하며, 발은 닳아 버리고 손에는 구멍이 뚫려 버린다. 그러나 시는 노숙과 순례가 다르지 않다는 궁극의 깨달음에 이른다. 오랜 삶의 이력을 통해 노숙을 집에 들이고 따뜻한 방에 불을 지피는 이 화합의 상상력은 떠나는 행위도 지키는 행위도 그저 인간이기에 행할 수 있는 행위로 이해하며 받아들인다. 유랑을 끌어안는 순례의 포용은 오랜 시간 동안의 갈등을 끌어안고 아파했던 시의 시간이 있었기에 가능했을 것이다.

4. 존재의 굴레를 안고 가는 길—눈물겨운 통증만이 사랑이지

『달에서 지구를 보듯』에는 자기 삶의 리얼리티를 통하여 타인의 삶을 반추하는 시선이 펼쳐진다. 이는 시인의 시계(視界)가 자기로부터 한 걸음 나아가 바깥을 향한 것으로 확장되었다는 증거가 아닐까. 시인이 인식하고 형상화하는 세계는 여전히 어둡고 암울하지만 시인의 시선은 내면이 아니라 바깥을 향한 연민을 담아낸다. 삶의 어두운 내력을 통해 타인의 아픔을 보는 담담한 여유야말로 삶에 대한 깊은 성찰로부터 나오는 것이리라.

시인이 인식하는 일상의 리얼리티는 부정적이다. 그것은 소통 불가능한 존재의 벽을 형상화한다. “따로따로 국밥처럼 가족은 하나하나 섬이 돼 가고/ 안개 속에서 갑자기 솟았다가/ 잘렸다가, 붕괴됐다가, 간간이 이어지는"(「오리무중」)이라는 시의 구절과 같이 우리는 설사 가족이라고 해도 서로 간에 이어질 듯 끊어지고 연결될 수 없는 어떤 존재의 틈을 지니고 있는 것이다. 특히 물질주의가 판을 치며, 에코토피아에 대한 염원조차 꿈꿀 수 없게 파괴된 문명의 이기 속에서 삶은 더욱 각박하고 존재와 존재 사이의 틈은 벌어진다.

사람의 낭만이
물질주의에 헐리는 집에서
사내는 혼자 생일상을 받고 있다
(……)
밥상 앞에서 그녀와 한 약속이
빈 밥상 앞에서야 비워진 것을 안다
수평은 약속이 아니다
너와 나의 수평은 언제든지 배반일 수 있다
사내는 수직으로 몸을 세우고
수평을 지운다
주고 주고 또 주어도
다고 다고 한다는 걸 사내는 이제사 안다
애초에 낭만은 없다

—「낭만은 없다」 부분

시에 등장하는 사내는 부정칭이다. 그것은 특정한 누군가를 지칭하는 인칭이 아니라 모든 이에게 부합되는 상황으로 확대할 수 있는 것이다. 따라서 시가 담는 것은 보편적 인간의 상황이며 현대인이 놓인 처지이다. 인간과 인간 사이에 '수직적'이라는 말은 '수평적'이라는 말에 비해 권위적인 위계질서를 연상하게 한다. 반면 수평이란 한없는 가능성의 단어다. 그러나 시는 이러한 수직과 수평의 관계를 전도시킨다. 물질주의의 세상 속에서 수평적 관계란 서로 교통 불가능한 관계에 놓여 있다는 의미로만 가능한 것이다. '수평으로 놓여 있음'은 서로를 언제라도 배반할 수 있다는 표징일 수 있다. 위태로운 수평보다는 수직의 폭력이 쉽게 먹힐 수 있는 세상이라는 사내의 깨달음이 서글프지만 시는 이것이 우리의 세상이라는 사실을 직시할 것을 요청한다.

> 지붕이 없어진 지 오래된 여자는
> 벽이 된 남자를 호출하지만
> 찢어진 우산도 되지 못한 남자는
> 서둘러 팔아 치운 가계를 되찾지 못할 바엔
> 구들 없는 도시로 가는 게 낫겠다고 몸을 돌린다
> 여자와 남자는 각자의 거리에서
> 노숙한 지 오래되었다
> 같이 파고들 따뜻한 틈새가 없어
> 바람에 옷을 빨고 구름에 옷을 널며 하루를 견딘다
> (……)
> 그들이 하는 말은 모두 흘러가는 물이어서

언젠가는 만나질 것이라고
바람의 귀에다 간간 전할 뿐이다

—「틈새 2」 부분

시인이 그려 내는 삶의 소묘는 어둡다. 사랑하지 않기 때문에 삶이 고통스러운 것이 아니라 신산한 삶을 살아가는 동안에 서로의 거리는 멀어지고, 위로는 멀리서 전달되지 못한다. 세상이 어둡기 때문이 아니라 살아가는 것 자체가 통증이기에 고통스러운 것이다. 시집 『달에서 지구를 보듯』이 주시하는 우리의 세상은 이렇듯 메마르고 황폐하며, 불가피한 존재론적 고독을 안고 살아가야만 하는 공간이다. 시인은 배신과 이별, 고독, 가난과 같은 삶의 통증을 맞는 존재에 대한 안타까운 마음을 드러내지만, 이런 고통을 견디어 내는 것이야말로 삶의 만만치 않은 내력을 쌓는 것임을 공고히 한다.

오늘 마침내 뽑은 사랑니
아들의 입 저 구석에서 피던 사랑 꽃
그래 사랑은 하나지
몸에 닿는 사랑 얻었으니
그 눈물겨운 통증만이 사랑이지
갈고리 같은 사랑 쑥 뽑아
어미에게 이빨 사진 한 방 날려 놓고
아들은 장가가기 전, 그 천진한 웃음을 보냈다
저도 사는 게 욱신욱신하겠지

사랑하느라, 살아 내느라

—「사랑니」 부분

시에서 가장 강렬하게 눈에 띄는 구절은 "눈물겨운 통증만이 사랑이지"라는 부분이다. 우리의 삶은 때론 기쁘고, 위안받고, 치유되겠지만 한편으로 상처받고 고통스러우며 어찌할 수 없는 고독한 마음을 안고 나아가야 하는 과정일 것이다. 살아 내는 것만으로도 힘겨운 길이라는 사실을 이미 아는 자의 마음으로 이제 막 삶을 시작하는 존재를 바라보는 것은 안타까운 마음이다. 시는 연민과 안타까운 애정으로 자욱하다. 하지만 어쩌겠는가. 욱신욱신하지만 사랑하고 살아 내야 하는 것이, 존재의 굴레를 안고 가야만 하는 길이 우리의 숙명인 것을.

5. 몽상의 힘—달에서 지구 바라보기의 미학

상흔이 성숙과 동궤에 있다는 깨달음은 『달에서 지구를 보듯』이 전하는 전언과도 같다. 삶의 무게는 만만치 않지만 견디며 살아야 한다. 그것이 우리가 가야 할 길이다. 하지만 이것뿐이라면 정영주의 시는 우리의 마음을 감싸는 따뜻한 손길에 그칠 것이다. 정영주 시의 백미는 몽상의 가능성을 우리에게 일깨우는 것이다. 인간이 지닌 숙명의 잔인함을 극복할 수 있는 진정한 힘은 자유롭게 상상하고, 이 상상의 힘을 통해 나란 존재의 지평을 확장시켜 나아가는 것이다.

몇 달 동안 집 밖을 떠돌았다
공전과 자전이 없는 무중력
질량을 버리는 일이 보존법칙과 무관했다
집이 한없는 무게였다는 게 궁금하지 않은 일
가장 큰 가벼움이 되어
먼지 한 톨이 되어
어디에 섞여도 존재가 아닌 자유가 되는 일

무한 천공에 방이 있었다
누워도 앉아도 걸어도
밥을 먹어도 시간이 흐르지 않았다
입도 발도 손도 계약되지 않고
간섭되지 않는 시공이 말을 걸었다
안과 밖의 소란과 집착이 얼룩처럼 서로에게 엉긴
집을 달에서 지구를 보듯 보라고

—「달에서 지구를 보듯」 부분

몽상은 존재의 무게를 버리게 하는 유일한 힘이다. 달에서 지구를 보듯 지나치게 멀지도 않고, 가깝지도 않은 거리는 고통으로부터의 거리와도 같다. 삶의 진면목을 바라보지만 집착과 소란 속에 섞여 들어가지 않는 거리. 이 마음의 객관화를 통해 우리는 세상을 제대로 직시할 수 있는 진정한 힘을 얻게 될 것이다. 이 시집을 읽는 우리 또한 시인의 '몽상의 힘'을 통해 조금 더 긴장을 늦추고 여유롭게 삶을 향해 한 걸음 더 내딛어 보는 건 어떨까?